S0-AAZ-447

Un día con Lulú

Para tía Esther
con amor

Primera publicación en Gran Bretaña por:
Orchad Books
Copyright © 2002 Caroline Uff
Primera edición en español por:
© 2002 Distribuidora Planeta Mexicana, S. A. de C.V.
Av. Insurgentes Sur 1898, piso 11, Col. Florida
México D. F. 01030
ISBN: 970-690-565-0
Todos los derechos reservados
Impreso en Singapure

Un día con Lulú

Caroline Uff

planetainfantil

Hola,
Lulú.

¿Qué vas a hacer hoy?

Lulú está dibujando.
¡Mira que bonito dibujo!

A Lulú le gusta jugar a la pelota.
¡Atrápala, Lulú!

Lulú sale al parque.
Se puso su gorro
nuevo.

Mira lo que encontró Lulú...

Lulú hace como pato:

Pit pat cuac cuac

¡Arriba, arriba, hasta el cielo!

A Lulú le gusta mucho columpiarse con su mejor amigo.

Es hora de regresar a casa.

"¡Hasta
mañana!"
dice
Lulú.

A Lulú le encanta la merienda.
Mmm, que rico.

Lulú juega a construir casas y castillos.

Lulú, es tiempo de poner todo en su lugar.

A Lulú le gusta su baño lleno de burbujas.

Abre bien la boca, Teddy.
Voy a cepillarte los dientes.

Lulú va a la cama y disfruta de un cuento.

¡Shhh! Lulú ya se durmió.

¡Buenas noches, Lulú!